외계인에게 로션을 발라주다

외계인에게 로션을 발라주다

김미희 지음

큰 아이와

작은 어른이

함께 읽는 청소년 시집

Humanist

시인의 말

큰 아이랑 작은 어른이랑
친구가 되면 참 좋겠다!

공부를 잘하려면 목표가 있어야 한다고 했다. 꿈이 있어야 한다고 했다. 그래야 흔들리지 않는다고 했다.

그러나 흔들리지 않고 피는 꽃은 없다고 했다. 흔들리지 않으려고 기를 쓰다 도리어 일찍 꺾이기도 한다.

요즘은 어릴 때부터 꿈을 가지기를 강요당한다. 없는 꿈도 만들어야 대학에 들어갈 수 있기 때문이다.

아들이 중학생일 때 벌로 반성문을 쓰게 한 적이 있다.

학습 동영상 강의를 틀어놓고 게임을 하다가 나한테 들킨 것이다. 자신의 꿈이 뭔지 쓰고, 오늘 행동에 대해 어떠한 책임을 질 것인지 쓰도록 했다. 아들 녀석은 컴퓨터에 깔린 게임을 모두 삭제하고 컴퓨터에 비밀번호를 걸어달라며 스스로 해결책을 제시했다. 그 후에도 두어 차례 더 반성문을 썼다. 여러 차례 반성문을 쓰면서도 꿈 대목에선 항상 잘 모르겠다고 썼다. 꿈을 더 고민해서 다시 쓰라 하면 아이의 대답은 한결같았다.

"나는 정말 꿈이 뭔지 잘 모르겠어!"

꿈이 없으니 개념 없이 놀기만 하고 공부는 뒷전이라는 생각이 들어, 시간이 걸려도 좋으니 꿈에 대해 고민해서 쓰라 했다. 방에서 한참 동안 있다가 나오더니 아무리 생각해도 모르겠다고 버텼다. 엄마와 아들의 기 싸움이 시작됐다. 보다 못한 남편이 끼어들었다. '자신도 꿈이 없었다고, 저 나이에 확고한 꿈을 가지고 살아가는 애가 몇이나 있겠냐고, 그리고 어떻게 꿈을 몇 시간 만에 찾겠냐'고 했다. 옳은 말이다. 정말 확고한 꿈을 가진 아이가 몇이나 될까? 화들짝 정신이 들었다.

한 조사에 따르면, 우리나라 중학생 34퍼센트가 장래희망이 없거나 뭔지 모르겠다고 답변했단다. 그리고 진로에 대한 질문을 하면 그 역시 '모른다'고만 되풀이한다고 한다. 입시위주의 교육이 진로에 대해 고민할 시간을 앗아가기 때문이란다. 하지만 생각해보면 우리 어른들도 그 시기에 별반 다르지 않았다.

나에게 꿈이 있었던가? 곰곰 생각해보니 나도 그때는 막연해했던 것 같다. 단지 좋아하는 것이 있었을 뿐이다. 나는 책 읽는 게 좋았다. '글을 쓰는 사람이 될 수 있으면 좋겠다'고 어렴풋이 생각했다. 남편은 중학교 때는 물론 고등학교 때까지도 새벽 5시부터 공을 찼다고 한다. 가장 좋아하는 일, 행복한 일이 친구들과 어울려 하는 축구였다고 했다. 축구 선수가 되겠다는 생각은 하지 않았지만 축구를 통해 살아가는 데 필요한 많은 것을 배우게 됐다고 했다.

누군가에게는 공부가 가장 좋아하는 일일 수 있고, 누군가에게는 분해하고 조립하는 것이 가장 좋아하는 일일 수 있다. 또 누군가는 가수가 되고 싶은 열망으로 오디션을 쫓아다닐 수도 있다. 하지만 이 시기의 꿈은 대부분 뜬구름 같은 것인지도 모른다. 불확실하고 불안한 것이 당연하다. 이때부터 확고한 꿈이 생기기란 쉽지 않다. 확고하지 않다는 것은 그만큼 가능성이 많다는 것이다. 먼 미래의 좌표를 너무 일찍 정하는 것은 다양한 가능성을 닫아버리는 일일 수도 있다. 어떤 사람이 될지는 모르지만, 떨리는 기대를 안고 지금부터 천천히 찾으면 된다. 고민하다 보면 찾을 수 있을 것이다. 그러니 고민만은 게을리하지 말자. 고민하다 보면 어느 날 멋진 어른이 되어 있을 것이다. 꿈은 평생 꾸는 것이다. 그리고 그 어떤 시간보다 지금이 가장 좋은 시간임을 우리 모두 잊지 않았으면 한다.

우리 아이 학교에는 학부모 독서회가 있다. 엄마들이 한 달에 두 번 모여서 책을 읽고 이야기를 나눈다. 1학년부터 3학년 학부모가 섞여 있다. 아이들은 졸업해도 엄마들은 변함없이 독서 모임에 참석한다. 책을 통해 자신을 가꾸고 좋은 부모가 되고자 노력하는 모습은 언제 봐도 아름답다. 아이들에 대한 이야기도 많이 나눈다. 외계인이라 불리는 사춘기 아이들과 지내면서 번번이 상처를 주고받고 마는 자신에 대해 돌아보고 공감하고 격려하며 때로는 함께 해결책을 찾곤 한다. 내 아이만 바라보는 것이 아니라 다양한 아이를 통해 이해의 폭을 넓히게 되었다.

그리고 비록 짧은 시간이었지만 중학교에서 사서 교사로 일하며 여러 아이를 만날 수 있었다. 그러면서 청소년을 이해하는 데 적잖은 도움을 받았다.

근엄해 보이려고 애쓰는 아빠에게도 찌질했던 한때가 있었고 공부하기 싫어서 기를 쓰고 일탈 행위를 했던 적도 있다. 엄마도 한때 의기소침했고 누군가 나를 조종하는 게 아닌가 하는 의심이 들 만큼 감정 기복이 심했다. 그런 시간을 겪고 난 뒤 지금 엄마가 되었고 아빠가 되었다.

세상에 공부 못하고 싶은 아이는 없다. 공부도 잘하고 부모님께 효도도 하고 싶다. 그 마음이면 됐다. 지금 당장 꿈이 뭔지 몰라도 훗날 훌륭한 엄마도 되고 아빠도 될 수 있다. 불안해하지 않기를 바란다. 청소년기를 거치지 않고 어느 날 갑자기 어른이 된 사람은 없다. 청소년기를 지나온 어른들의 그 시절 이야기, 어른이 되어가는 아이들의 지금 이야기는 다른 듯하지만 같다. 부모는 큰 아이, 아이는 작은 어른이다. 큰 아이랑 작은 어른이랑 좋은 친구가 되면 정말 좋겠다!

이 시집은 큰 아이와 작은 어른의 청소년 시절 이야기를 담고 있다. 친구가 되고 싶은 엄마 아빠와 아들딸이 함께 읽고 대화를 나눌 때 말머리가 되었으면 한다.

아빠가 되는 꿈, 엄마가 되는 꿈을 이루게 해준 아들딸에게 이 시집을 바친다.

2013년 3월

김미희

차 례

2부 아빠한테 제2의 사춘기를 선물했다

3부 규호의 꼴찌 중독을 응원합니다

4부 우리 사이에 새로운 관계식이 만들어지다

여는 시

우리 가족을 소개합니다

1980년대 사춘기 대표

일곱 살 때부터 글을 읽었던,
지금은 **건설회사 과장님 박철수**

네 살 때부터 빨래를 했다는,
그러나 지금은 **무늬만 주부인 김영희**

2000년대 사춘기 대표

실컷 놀다가 드디어 고등학교라는 데를 갔더니
소문처럼 운동장에서 놀 시간은
쥐똥만큼밖에 없음을 실감하는,
고등학생 박가람

친구들은 줄줄 외는 화장품 이름을 잘 알지 못해 기가 죽고
하루에 스타킹 하나씩 쓰레기통으로
보낼 수 있는 능력을 가진,
중학생 박여울

큰 아이 둘
작은 어른 둘
우리 넷은 한집에 삽니다

1부

할머니 아들은 얼마나 영특한지요

겸손도 병인 양하여

너희 아빠는 얼마나 영특했는지 아니?
학교 들어가기 전부터
글을 읽고 어버이날에 편지도 썼지

너희 엄마는 손이 얼마나 재발랐는지 아니?
네 살 때부터 동네 빨래터에서 걸레를 빨아왔지

중학교 졸업식 날 식당에서
친할머니와 외할아버지의 자식 자랑이 시작됐다

가람이는 저보다 영특해서 공을 지능적으로 막아요
또 날래기로는 우리 가람이를 누가 당하겠어요?
블로킹하는 솜씨를 보셔야 하는데 말이에요
내 자랑 좀 해주면 어디 덧나나

부모님 앞에서 지나치게 겸손하신 아빠 엄마
삼겹살 먹은 수량을 계산하는 건지
새삼스레 선택한 결혼의 손익을 따져보는 건지
끝내 입을 열지 않는다

상장 없이 달랑 졸업장 하나 받아온 나는,

영특하고 재바른 부모를 둔 나는,

삼겹살만 먹었다

여기 1인분 추가요!

잡아가기는 매한가지

할아버지가 그러셨다
우리 어릴 때 호랑이가 아이들 여럿 잡아갔지

아빠가 할아버지 얘기를 받으셨다
지금도 도시 곳곳에 호랑이가 살아요
호랑이가 스마트폰으로 변신했다니까요

9시 뉴스에 짬짬이 등장하는 호랑이 사건
한강 다리를 지나던 한 여학생이
스마트폰 보며 걷다가 추락하여 숨졌다
스마트폰을 들으며 길 가던 한 남학생이
경적 소리 듣지 못하고 오토바이에 치였다

현대판 호랑이는 재미나게 조용히 온다
아이들을 잡아가기는 예나 지금이나 매한가지

궁금해

철수는 학교 앞 오락실에서
갤러그를 하며 정확하게 조준하는 능력을 길렀고
테트리스를 하며 벽돌 쌓는 기술을 익혔다
건축학도에게 무너뜨리고 쌓는 일은 정말 중요했다

가람이가 학원 다녀오는 길에는
자석처럼 끌림을 당하는 곳이 있다
곳곳에 낚싯대를 드리운 채
불러대는 피시방으로 기꺼이 들어간다
해양학도가 되기에 꼭 필요한 선택이라는 생각으로

철수는 아빠가 되었고 건축사가 되었다
가람이는 해양 전문가가 돼 있을까?

집과 방

영희는 친구 집에 모여 시험공부를 하기로 했다
출출한데 금강산도 식후경 먹고 하자
지글지글 김치전에 부추전 맛있게 먹고
글 몇 줄 보니 잠이 쏟아졌다
같이 먹고 같이 잤는데
누구는 이백 명 중 일등을 하고
잠 안 오는 약인 타이밍까지 먹고도
잠을 잘 자버린 누구는 중간을 했다
시험이 끝나면 성적에 관계없이 또 모였다
국화빵 틀을 가진 숙희네 집에 모였다
아직도 엄마 고향엔 숙희네 집이 그대로 있다

여울이는 주말에도 학원에서 보충을 한다
길거리 토스트를 사 먹으며 허기를 때우고
밑줄 긋고 풀고 또 풀고
시험공부하느라 머리에 땀띠가 날 지경이다
마침내 시험이 끝나면 노래방, 찜질방, 피시방으로 간다
여기저기 방 방 언제 누가 뚝딱 만들었는지
시험 끝나면 더 많아진다

방들마다 돈을 내고 들어간다

한순간 사라질지 모를 방들에서 우정을 쌓는다

외할머니 제삿날 1 _건망증

외할머니 제삿날에
엄마가 영정사진 앞에서 편지를 읽는다

엄마! 툭하면 깜박하는
건망증 심한 우리 엄마
하늘나라 갔던 그날도
건망증이 도지셨죠?
어느 날 갑자기 말도 없이 가시다니!
영희한테 작별 인사 깜박했다고
가서 말하고 오겠다 하고
다시 내려오면 안 되나요?
나도 할 말 있다고요
사랑한다는 말
깜박해서 못했단 말이에요

엄마가 엄마를 부르며 운다
엄마는 처음부터 엄마로 태어나는 줄 알았는데
엄마에게도 엄마가 있었다는 걸

외할머니가 누구보다 행복하길 바라는 딸이
바로 우리 엄마인 것을 나는 자주 까먹는다

세상에서 가장 큰 새

할머니가 아버지 밥숟갈에
가시 바른 생선을 얹어주신다
눈빛마다 숟갈마다
사랑이 가득한 사랑밥이다
할머니 소원이 들어간 소원밥이다

할머니랑 밥 먹는 날엔
아빠 얼굴이 환하다
할머니 입도 벙긋 피어난다
최대한 입을 크게 벌리고 먹는다
할미새에게 아빠는 아직 어린 새다

그에 질세라
엄마는 내 숟가락에 생선을 얹어준다
나는 아빠보다 더 크게 입을 벌렸다
나는 세상에서 가장 큰 새,
먹새가 된다
세상을 날아오를 힘센 먹새!

외계인을 위하여

우리 엄마 아침마다
톡톡 두드려가며
내 얼굴에 로션을 골고루 발라주신다

아침마다 새날이고
새날을 맞으며 나를 어루만지고
쓰다듬어주는 따스한 손

불쑥불쑥
내 안의 외계인이 나타나
성질을 부리니 외계인에게 발라주는 거란다

엄마가 문득
호호 할머니가 되어 어느 날 문득
엄마 속의 외계인이 나타나
어린애처럼 네게 보채거든
그때 네가 엄마 얼굴에 로션을 발라드려라
아버지 한 말씀 거드신다

외할머니 제삿날 2_호떡

외할머니는 엄마가 열아홉 살 때
갑자기 돌아가셨단다
엄마는 외할머니랑
3박 4일 제주도 여행도 가고
서울 고궁 나들이도 하고
설악산에도 다녀왔는데
가장 생각나는 건 호떡 두 개
시장을 오가며 할머니랑 호호 불며 먹은 호떡이란다

엄마가 외할머니랑 이별한 때로 치면
그래, 우리 얼굴 볼 날이
얼마 남지 않을 수도 있구나
엄마가 떠나고 나서
공부하느라 만날 책상 앞에 앉았던 순간만
떠오르면 어떡한다니

엄마는 외할머니 제삿날만 되면
학원도 가지 말고
공부도 하지 말고

함께 호떡 먹자고 시장으로 데리고 간다

지금이라도 엄마 기억 속으로 오셔서
호떡 말고 다른 거 사주셨던 거 떠올리게 해달라고
나는 할머니 사진에 절을 하며 빈다

엄마 이름

휴대폰이 다 뭐야
텔레비전도 없었던 아빠 박철수에게
엄마란 그냥 '어머니'였다

스마트폰을 가진 친구들에게
엄마 이름은 가지가지

규혁이 폰에 저장된 규혁이 엄마 이름은
"잔소리대마왕"

성빈이 폰에 저장된 성빈이 엄마 이름은
"받을까말까"

오늘 내 폰에 저장한 엄마 이름은
"영희"
친구들이 여자 친구로 오해해주길 바라는
"영희♥"

벌

하루는 엄마가 이모랑 싸웠다
할머니가 마루 기둥에 둘을 마주 보게 묶어놓고
하루 종일 싸워봐라 그러셨단다
기둥에 묶여 집안의 기둥이 되어서인지
웃겨서인지 더 싸우지 못했단다

우리는 싸우면 각각 자기 방으로 들어가
반성문 두 장을 써야 한다
아파트라서 기둥이 없는 게 아쉽고 아쉽다

나는 참 괜찮은 아이

네 아빠가 어릴 때 말이다
……
텔레비전 보다 말고
할머니가 아빠 어릴 적 얘기를 한다
아빠는 오줌도 안 싸고 울지도 않고
얼마나 착했는지 사람들 칭찬이 자자했단다

어떻게 어린애가 울지도 않고
오줌도 안 싸요? 물으면
그러게 네 아빠는 그랬다니까
할머니가 정색을 한다

우리 생일이 되면 엄마는 사진첩을 꺼내
이야기를 하신다 할머니처럼
너 어릴 때 얼마나 깜찍했는지 아니?
너 세 살 때 재워놓고 잠깐 시장 갔더니
그새 깨서는 혼자 엘리베이터를 타고 밖으로 나왔지 뭐니
너 여섯 살 때는 유치원 차에서 내려서는
떨어진 벚꽃 잎이 밟혀 아플까 봐

발걸음을 내딛지 못하고 안절부절 서 있었단다
여덟 살 때는 넘어져 다친 친구 가방을 낑낑대며
친구 집까지 들어다 주었단다
열 살 때는……

내 어릴 적 얘길 듣다 보면
나는 참 괜찮은 아이란 생각이 든다

엄마들에게 괜찮지 않은 아기란
없나 보다

2부

아빠한테 제2의 사춘기를 선물했다

아빠의 옛 애인

우리 아빠 박철수 보물 상자에서
누렇게 바랜 브로마이드 한 장이 나왔다
둘둘 말려 있던 브룩실즈가
20년 만에 세상 밖으로 나와
팔등신을 자랑하며 웃었다

걸그룹 땡땡땡이 더 이쁘다 했더니
그래 너희는 얼마나 축복받았냐
오죽 소녀들이 없었으면
브룩실즈, 피비캐츠, 소피마르소를 좋아했겠냐

브룩실즈를 한참 바라보던 아빠
둘둘 말아 다시 보물 상자에 넣는다
아빠의 옛 애인 브룩실즈가 다시 잠을 잔다
걸그룹이 없던 아빠 사춘기는 참 안됐다

나는 아빠한테 제2의 사춘기를 선물했다
아빠 폰의 배경을 걸그룹 소녀로 바꿔주었다
엄마가 모르게 비밀번호도 잠그라고 했다

아빠 믿지?

아빠가 한잔하고 오셨다
아빠는 말이야 공부를 참 잘했어
모두 수 수 수 수 수
내 이름 박철수에도 수가 있잖니

왜 성적표는 남아 있지 않아요?

겸손하려고 버린 거지
자랑질 하면 안 되니까
박여울, 너 아빠 믿지?

글쎄요,
용돈 좀 주시면
생각해볼게요

내가 파산하면 안 되는 이유

엄마 아빠가 어른이 되는 동안
투자해준 사람들은 이루 헤아릴 수 없다고 한다

명절 때 모인 박씨 김씨 두 집안의
무수한 친척이 투자자들이다

내 투자자 중
거액 투자자는 우리 이모다
그것도 나이 많은 골드 미스

설날이 되면
이모 지갑에서 큰돈이 나온다
세뱃돈 단위가 우리 나이에 비례해
갈수록 커진다고 울상이다
이모가 주는 세뱃돈은
적금이며 보험금이다
설날에 연 1회 일시불로 낸다

이모는 '나' 라는 자산 가치를 믿고

해마다 금액을 올려 투자한다

이다음에 나는 이모에게 만기 땐 적금을
유사시엔 보험금을 내주어야 한다

내가 파산하지 않아야 하는 이유
이렇듯 분명하다

최고 요리

저녁밥 먹는 시간에
자살에 관한 뉴스가 나왔다
따돌림당하던 아이도 뛰어내리고
공부 잘하던 아이도
성적이 안 나왔다고 뛰어내렸단다
얼마나 힘들면 그랬을까

나는 저금통에 모아놓은 돈도 아직 못 썼고
먹고 싶은 음식이 너무 많아서
못 죽는다 했더니 엄마가 활짝 웃는다

맛있는 거 얼마든지 해줄 수 있단다
성적은 좀 그래도 성격이 빼어나게 좋으니까
너는 반드시 훌륭한 사람이 될 거야, 라고 했다

식탁을 빛내는 엄마의 최고 요리는
내게 해주는 덕담 한마디다

꿈

넌 꿈이 뭐니?
사람들이 자주 묻는다
뭐가 되고 싶은지는 잘 모르지만
다른 사람들에게 도움이 되는 사람이고 싶다

아빠는 뭐가 되고 싶었어요?
엄마는 뭐가 되고 싶었어요?

나는 아빠가 되고 싶었어
나는 엄마가 되고 싶었지

그럼 꿈을 이루셨네요

암, 그렇고말고!
너희들이 아빠 엄마 꿈을 이뤄줬지

태어날 때부터 우리는
다른 이의 꿈을 이루게 도와주는 사람이다

아빠의 세계지도

운동장이 세계전도 아니었냐
축구화 없이도 세계를 누비던
아빠 고교 동창들이
마흔이 넘어 축구 시합을 한다

여기는 대한민국
칠레 받아라
여기는 칠레
케냐 받아라
여기는 케냐
브라질 받아라

공이 세계 곳곳을 왔다 갔다 하는 동안
자외선은 얼굴에 지도를 그렸다지
기미와 주근깨로 수놓았던
5대양 6대주가 오늘 다시 나타났다

책에서 읽은 것 같기도 한
청춘은 아름답다는 말이 떠올랐다

브라보 아빠 라이프!

마음으로 응원했다

미리 쓴 결혼 축시

뒤집어 벗어놓은 내 양말을 빨며
엄마가 내 결혼 축하 자작시를 한숨 섞어 읊는다

딴따다단 딴따다단
저기 우리 며늘이 걸어오네
알파걸 엄친딸
저런 어여쁜 며늘이 우리 차지가 되다니
조상님이 돌보셨구나

유치원부터 초등학교 중학교 고등학교까지
양말 신고 벗고 가방 싸는 것 잠자는 것까지
하나하나 일일이 가르치고 가르쳐도
학습 효과는 언제나 낙제
아이고, 말을 말자 입만 아프다
내게 인내를 가르쳐준 아들
내게 쓸개가 있던가
쓸개의 존재를 거듭거듭 확인하며 키운 아들
이제 며늘아 네게 넘겨주노라
우리 집엔 안 들러도 타박하지 않으마

아들 거저 줄 테니 통째 가져라
대신 AS 불가서에 도장 확실히 찍어라 며늘아

결혼식 날 이렇게 너를 넘겨줄 것이다. 이눔아!

세탁실에서 결혼 축시 낭송이 끝나자
구정물 흐르던 내 양말이 깨끗해졌다

차이

골키퍼를 서다가
손가락뼈가 부러져 수술하고 깁스했다

시험이 코앞인데
오른손이면 어쩔 뻔했니?
엄마는 왼손이라 다행이라고 했다

당분간 골키퍼는 할 수 없지만
공격은 할 수 있겠다
아빠는 발이 아닌 손이라 다행이라 했다

어렸을 때 아빠가 좋니 엄마가 좋니
그런 질문 받을 때 대답하기 참 어려웠는데
오늘 누가 내게 그런 거 안 물어봐주나

엄마의 근로기준법

엄마가 머리에 띠를 두르고 목소리를 높였다
나는 24시간 편의점이 아니다
근로기준법을 보장하라
밤에 출출해도 알아서 해결하라
퇴근 시간 밤 10시를 보장하라! 보장하라!

엄마 근로기준법엔 기본 노동시간이 1일 16시간!
사랑이란 명목으로 초과근무를 당연시하는
엄마의 요구를 받아들이겠습니다
그리고 부탁드립니다 10시 퇴근과 동시에
우리에 대한 과도한 관심과 집중으로 요약되는
감시도 함께 퇴근하시기를!

사춘기 존재 이유

잔다 수업시간에도 잔다 시도 때도 없이 잔다
고로 나는 존재한다
먹는다 먹고 또 먹는다
고로 나는 존재한다
쏘아붙인다 선생님에게든 부모님에게든 제대로 꼬였다
고로 나는 존재한다

성대결절

종합검진을 받은 엄마의 의사 소견
“성대결절의 소견이 보임”

그러게
잔소리하실 때 톤 조절 좀 하시지

내 속에 너무도 많은 '나'

콩 한 쪽만 생겨도
나눠 먹으라는데
오누이끼리 먹을 것 갖고 싸우냐?

콩 한 쪽이면 나눠 먹을 수 있죠
콩이 얼마나 맛없는데

두부는
밭에서 나는 쇠고기라는데
두부는 왜 안 먹니?

그건 그만큼
소고기가 맛있다는 뜻이죠

'네' 대답 대신
꽈배기처럼 뒤틀리고 꼬인 대답들이 술술
내 속엔 까칠한 내가 여럿이다

칼싸움

엄마와 내가 얘기하면
입에서 칼이 나와
칼싸움이 되곤 한다

공격은
내 행동에서 시작된 건지
엄마의 말 한마디로 시작된 건지 모르지만
쨍! 쨍! 쨍! 쨍!

이기는 사람은 없고
마음의 상처가
칼싸움의 흔적으로 남는다

칼이 스쳐간 자리
아릿아릿 아리다

엄마 수행평가

엄마는 밥하기 싫다고 밥 안 주디?
넌 분기에만 수행평가 하지만
엄마는 꼬박꼬박 날마다 받들어 수행하잖아
수행평가 점수가 겨우 B, C가 뭐냐?

엄마는 B를 우습게 아시지만
엄마 수행평가를 점수로 매겨볼까요
날마다 닭봉 반찬, 삼겹살 안 주잖아요
아침밥 먹기 힘든데 맛있는 거 주셨나요
햄버거 같은 아침 특식 없었잖아요
A, 엄마는 거의 없어요
수행평가 제대로 하세요

이 말이 목구멍까지 넘어오려 했지만
에이, 이 말을 삼킨다
그나마 간혹 올라오던 아침 삼겹살마저 사라질지 모르니까

어버이날에

아빠가 열다섯 살 어버이날에
할머니께 써 드린 시랍니다
제목은 '송편' 입니다

송편은
뾰족뾰족 가시 잎
침투성이에 누워 시간을 견디면
마침내 송편에서는 솔잎 향기가 나요

가시 돋친 말 때문에
속상하셨죠? 조금만 참아주셔요
제 안의 가시를 누이고 송편에 담아
맛있는 향기를 만들고 있는 중이랍니다

아빠, 굉장한 무리수를 두셨네요
전 그냥 하던 대로 할게요
아빠 엄마!
저를 낳아주시고 길러주셔서 감사합니다
열심히 공부하겠습니다

물들이지 않기

엄마 아빠 색으로 나를 물들이는 것
선생님 색에 우리를 물들게 하는 것
내가 오기 전 세상의 색에
그대로 나를 물들게 하는 건
참 힘겨운 일이잖아요

나는 나의 색을 만들고 싶어요
아빠만의 색
엄마만의 색
친구만의 색
서로 서로 색이 있어
세상은 예쁘지 않나요

안다는 것은

인디언의 말에는 love가 없단다
나는 너를 사랑한다는
I know you, 라고 한단다
안다는 것은 그렇게 특별한 일이다

아는 친구
아는 사람
아는 선생님

우리 서로 알아요
그건 사랑한다는 뜻
특별한 우리들이라는 말

3부

규호의 꼴찌 중독을 응원합니다

장치를 열어
마음 보기

아름다운 중독

규호는 전교 1등
규호 아빠가 할 말을 잃었다
인터넷 중독 검사에서 전교 1등
결석도 1등

게임 한다고 결석해서
담임 선생님이 집에 찾아오게 했다던 규호 아빠
닮지 않아도 될 것을
어찌 그렇게 빼닮을 수 있냐고
유전자 변형이 일어나지 않아
다행이라는 건지 불행이라는 건지
규호 아빠가 아리송하게 웃었다

규호 아빠와 규호 둘이서
인터넷 중독 치료 수업을 받으러 다닌다
우리 꼭 꼴찌하자
규호와 규호 아빠가 손바닥을 마주쳤다

꼴찌가 좋아 전교 꼴등 정말 좋아

규호의 꼴찌 중독
아름다운 중독을 응원한다

햇살에게 묻다

닫힌 창으로
들어와 누운
네모난 햇살 하나

죽었니?
살았니?
내가 손을 내밀어 만져보려 하자

살았다!
손그림자를 만들어 보이며 대답한다

넌 죽었니 살았니
네모난 햇살이 내게 묻는다

나는
죽었을까?
살았을까?
이제 내가 대답할 차례다
보여줄 차례다

진화는 이런 것

아빠 엄마는 학원도 안 다녔죠
그러니 숙제도 없었죠
학교 숙제가 있어도 안 하고
차라리 손바닥을 맞고 말았다면서요

우리는 숙제 꼭 하고 놀기도 해요
상부상조를 실천한 조상들의 지혜를 본받기로 했죠

수학 박사 영현이는 내 수학 숙제를 해주고
영현이보다 영어를 조금 잘하는 나는
영현이 영어 숙제를 총알같이 끝내줘요

상부상조로 숙제를 끝낸 우리들은
상부상조의 지혜에 감탄하며
학원 가기 전 짬짬이 축구전을 펼쳐요

적응은 힘들어

중학생이 된 후 첫 수학 시간
여울이는 졸았다

졸면서도 간간이 들리는 용어들이
좀 이상하다고 생각했다
중학교 선생님들은 역시 다르다고
생각하며 계속 졸았다

쉬는 시간에 애들에게 물었다
애들아, 수학 샘이 왜 고체 액체 분자 그런 얘기해?

여울아, 과학 시간이었어!

나를 돌아보는 날

졸업식을 하루 앞둔 아침 일찍
운동장으로 갔다

밤새 눈을 맞은
운동장 가에 선 나무들

운동장에 펼쳐진
하얀 도화지 위에
흑백 자화상을 그려놓았다

나무들이라고
자신을 돌아보고 싶은 날이 없을까!

언제 다시 이곳에서 뛰어놀 수 있을까
나도 운동장 백지에 내 발자국을
꾸욱꾸욱 찍어본다

나를 읽어주세요

내 몸에 잭을 연결하면

외부 기기가 연결되었습니다

장치를 열어 마음 보기

클릭하면 내 마음이 보일 거예요

가끔씩 잭을 연결해주세요

내 마음을 내려받아 열어보아주세요

춘기 씨도 피곤할 텐데

잠잘 시간은 다가오고
눈꺼풀도 무거운데
틀린 수학 문제 고쳐야 한다
바이오리듬이 급격하게 곤두박질친다

눈치 빠른 엄마가 물었다
춘기 씨가 오셨어?
이 한밤중에?
졸린 눈 비비며, 피곤한 몸 이끌고?

시도 때도 없이
찾아오는 춘기 씨
성이 '사' 씨인 춘기 씨
언제나 불청객 취급을 받는
불쌍한 춘기 씨

이왕이면 웃으면서 맞아주기로 했다

노동요

예로부터 조상들은
모내기를 하며
길쌈을 하며
고기를 잡으며
힘든 노동을 잊기 위해
노래를 불렀지 여럿이 함께

미래의 일꾼인 우리는
책상 앞에 앉아
엉덩이가 짓무르는
고통을 참으며
귀에 엠피스리를 꽂고
흘러나오는 노래에 맞춰
휘파람을 분다 혼자서

고통 순위

인간이 느끼는 '고통 순위'에 관한 기사를 보았다

1위 몸이 불에 탈 때의 고통

3위 아기를 출산할 때의 고통

4위 남성이 고환을 맞았을 때의 고통

6위 암에 의한 고통

9위 여성의 생리에 의한 고통

내 소중한 그곳이 차였을 때 정말 아팠다
아기 낳는 고통 다음이라니!
아기 낳을 때는 소리라도 지르지만
남자는 신음 소리조차 못 낼 만큼 아프다

생명과 관계있는 건 이렇듯 고통이 큰가 보다
고통을 느낀다는 것은 살아 있다는 뜻일 거다

마음 고통에 순위를 매기면 어떻게 될까
순위를 매길 수 없을지도 모른다
마음의 고통만으로
찰나에 세상을 등지는 걸 보면

개구리, 물에 빠져 죽다

개구리 알이 우리 집에서
올챙이로 깨어났어요
헤엄치며 잘 놀더라구요
뒷다리 앞다리
다 나왔는데요
개구리가 되더니 죽어버렸어요
물에 빠져서요

개구리를 묻어주며 알았어요
개구리에게 숨 쉴 땅을 만들어줘야 했다는 걸
놀이터 하나 만들어줬으면 됐을 것을
물만 있으면 되는 줄 알았거든요

개구리를 키우시는 여러분
개구리에게 놀이터를 꼭 만들어주세요
돌멩이 하나면 돼요
잠시 숨 쉴 곳이 필요해요

개구리가 우리 집을 떠나던 날

개구리가 우리랑 참 닮았다는 생각이 드는 건
왜일까요?

차라리 민어가 되고 싶어요

꾸르륵꾸르륵
기다란 대통을 꽂아
민어 울음소리를 들으며
낚시하는 어부들을 보았어요
머리부터 꼬리까지 버릴 게 없다는 민어를
그렇게 귀 기울여 잡더라고요
머리부터 발끝까지 나는
뭐가 될지 모르기 때문에
내 말엔 귀 기울이지 않는 건가요?
누가 내 울음소리 좀 들어줄래요?

차라리 민어가 되려고 떠났을
여중생의 유서가 인터넷에 나부낀다

피었습니다

꽃이 피었습니다

사람들이 드문드문 다니는
한적한 곳에
꽃 한 송이 피었습니다

와, 예쁘다
알아봐줄 누군가를 위해
예쁘게 피었습니다

말없이 조용한
언제나 혼자인
우리 반 정다솜도
자세히 보니 한 송이 들꽃입니다

CEO의 자격

아빠 친구 수호 아저씨는 CEO이다
빨간 모터보트 두 척으로 강에서 래프팅 사업을 한다
여름에는 월수입이 500만 원이 넘는다

수호 아저씨가 우리 집에 놀러오면
휴대폰 사진을 보여주며 딸 자랑을 한다
아빠더러 사돈 맺자고 한다
딸이랑 결혼하면 조건 없이
사위에게 사업도 물려주겠노라 큰소리친다

수호 아저씨는 중학교 때
기억할 수도 없는 이유들로 인해
선생님한테 셀 수 없이 맞았단다
정학 맞은 벌로 학교의 푸세식 변소 똥은
수호 아저씨 혼자 다 펐다고 아빠가 전해주었다
(그러므로 위에 언급한 '수호'는 가명임을 밝혀둔다)
아저씨 딸들은 수호 아저씨의 과거를 전혀 모른다
(아빠 친구들이 철저히 비밀을 지켜주기 때문이다)

아저씨는 딸들에게 이렇게 말한다
자신은 살신성인 정신이 투철하여
친구들이 하지 않는
학교의 궂은일을 도맡아했다고

역시 CEO는 아무나 하는 게 아니다

만보기를 찬 우리 엄마

네 명밖에 살지 않는 우리 집 아침
우리 엄마 허둥댑니다

오빠 방, 내 방, 안방 번갈아가며
왔다 갔다 고함지르며 깨우고요
밥 차리고 주스 갈고 영양제 챙기고
내 머리 말려주고 로션 발라주고
늦었다고 투정 대는 오빠 입에
밥 몇 숟갈 떠넣어주고
아빠 넥타이 골라주고
엘리베이터 버튼 눌러주고
우리 엄마 좁은 집 안에서 종종종

어느 날 엄마가 만보기를 찼습니다
28평 집에서 아침 50분 동안 몇 보를 걷는지
재어보고 싶다면서요
우리가 다 나가고 나면 머리가 어질어질
한동안 하얗다나요

만보기를 찬 우리 엄마
전쟁터로 셋을 내보내기 위한
한판 전쟁 체험을 한답니다

야구장에서 아버지 가라사대

타자는 홈런을 쳐야지 하고
타석에 서면 안 된다
욕심이 실리면 여지없이 삼진아웃 당하더라
욕심을 버려야 진짜 홈런을 칠 수 있다
아들아,
너도 공부 1등 하려고 하지 마라

나는 결코 1등 하려고 한 적 없는데
왠지 뜨끔했다
나는 공손히 "네!" 하고 대답했다

아빠가 내 어깨를 탁탁 두드렸다
오늘 응원하는 팀이 진 건
아들에게 이 거국적인 메시지를
깨닫게 하기 위함이라는 듯

고체의 힘

누워서 볼펜으로 쓰려면
액체가 뒤로 밀려나
글을 쓸 수 없다

때론 굳세게
제자리를 지키는
고체가 낫다

파리의 탐사

급식 시간
도넛 행성에 착륙한
파리 1
파리 2
탐사를 시작한다

도넛 행성이
지구인 입으로 사라지기 전에
꼼꼼히 탐사한다

아뿔사,
순식간에 나타난 흉기에 의해
파리들은 서둘러 철수했다

급식실 도우미 아줌마의 파리채엔
파리의 비명 소리만 묻었다

뽁뽁이

여드름이 더글더글한 박가람
짜면 안 돼

엄마가 내민 건
그릇을 쌌던 에어캡, 뽁뽁이

잘 만났다 잘 만났어
뽁뽁 뽁뽁 뽁뽁 뽁뽁

여드름 터트리듯
뽁뽁 뽁뽁 뽁뽁 뽁뽁

가람이 여드름이
뽁뽁 뽁뽁 시원하게 터지고 있다

4부

우리 사이에
새로운 관계식이 만들어지다

전국애정자랑

가문의 영광을 외치는 용삼이
슈퍼맨 복장을 하고 노래자랑 무대에 섰다

"아버지, 빈속이 날기 편해요."
목 핏줄을 타고 노래가 흐른다
"망토는 하고 가야지."
 땡!

송해 아저씨가 할 말 있으면 해보란다
유지야, 나, 니 사랑한다
니 구하러 갈 거다
내가 꼭 구해줄 거다

공고생 용삼이가 사랑하는 이유지는 지금
고3 수용소에 갇혀 있답니다

다음 45세 이씨 아저씨도 땡!
용순 엄마, 보고 있제?
생일 진짜 진짜 축하한대이

그라고 엄청 사랑한대이 내 맘 알제

사랑엔 나이 제한이 없다

화풀이

좋아한다고도 문자로 고백하더니
헤어지자고도 문자로 하네

그놈의 문자
혼자 지껄이고 난리야

흥, 두고 보라지
네 번호는 이제 스팸이야
스팸 등록은 내가 먼저 해주지
스팸함에서 다시 건져줄 거란 기대는 하지 마

설마 네 전화 올까 봐 번호 바꾸지 않는다는
그런 오해를 하는 건 아니겠지
절대 전화하지 마!
알아들었어?
절대로 전화하지 마!
절대로!

근데 왜 자꾸 보관함에서

튀어나오고 난리야!

눈치 없는 문자들 같으니라고!

적반하장

아빠가 화를 낸다
전교생이 같은 교복을 입는 것도 모자라
'북극얼굴'이라나 '키파'라나 '니파'라나
왜 등산복 점퍼를 입고 학교 가니
학교가 해발 500미터에 있니
교육이 산으로 가서 그렇다고?
아무리 그래도 그렇지
멋지고 훌륭한 너희들이
옷을 입고 다녀주니까
회사 광고해주어 고맙다고
그 회사에서 도로 돈을 줘야 하는 거 아니니
왜 비싼 돈 주고 등산복 사 입고
그 회사 광고해주니
이거 잘못된 거야
나는 그렇게 생각해
그래서 난 그런 옷 절대 못 사줘

나만의 온도 나만의 열매

사과나무는
문이 없어도 전기가 없어도
성능 좋은 천연 냉장고이다

냉장고에서 사과 꽃이 핀다
냉장고에서 사과 열매가 맺힌다
냉장고에서 사과가 알맞게 익어간다

아직은 퍼런 사과도 있고
벌써 빨갛게 익은 사과도 있다
그래도 냉장고 온도는
모든 사과에 고루 알맞다

사과 냉장고는 오로지 사과만 담아 익힌다
사과만의 온도를 유지하면서
사과가 잘 익어간다

나도 나만의 온도로
내 안의 열매를 키우고 싶다

나 대신 해주세요

다리가 불편한 이가 말했다
나 대신 다 다녀줄래요

볼 수 없는 이가 말했다
나 대신 다 보아줄래요

죽음을 앞둔 이가 말했다
나 내신 살아줄래요

그러기에 나는
부지런히 다니고
자세히 보고
의미 있게 살아야 한다

그러나 말 못하는 이는
나 대신 말 다 해주세요 하지 않는다
눈짓만으로도 마음을 알 수 있기 때문이겠지
많은 말이 부질없음을 알기 때문이겠지

삼촌의 직업

남들은 우리 삼촌을 백수라고 부르지만
삼촌은 여름 내내 구슬땀을 흘린다
야외 결혼식 올리는 매미들에게
잘 살아라 주례사로 축복해주고
세상 떠나는 매미들에게
일일이 장례식을 치러준다
삼촌한테 백수라고 부르지 말았으면 한다
직업의 자유를 인정해주었으면 한다

러닝머신

루저가 될 수 없어
달리고 달리고
눈금이 파륵파륵 오르내리며 격려한다
더 올리세요 더
등급이 낮아요
더 달리세요

달리고 달리고
루저가 되지 않기 위해
달리고 달리고

막힌다 막힌다
숨이 막힌다

아, 그제야 생각났다
러닝머신에 정지 버튼이 있다는 것을
내가 누르면 된다는 것을

메주에 핀 꽃

대청마루 천장에 대롱대롱
메줏덩이에 하얀 꽃이 피었다
곰팡이들이 와글와글 터를 잡아
마침내 꽃으로 피었다
세월을 이겨내고 발효!

책상 앞에 앉아
내가 발효시킨 수많은 글자들
언제 꽃으로 피어날까?

이유 있는 집착

시험공부 하다가 문득
옛날 살던 동네 그 집 갈비가 먹고 싶었다
버스를 두 번이나 갈아타며 갔다

그 가게가 없어졌다
어디로 갔지?
구둣방에도 물어보고 옆 가게마다 물어봤다
아무도 모른단다

그 갈비를 먹어야 시험을 잘 칠 것 같은데
없다 그 갈비집이 없다
이번 시험은 보나마나 엉망진창이겠다

성적표 나오는 날

앞지르기 한 녀석들
왜 이리 많은 거야

끼어들기 한 녀석들
왜 이리 많은 거야

내가 넘어졌는데
일으켜주기는커녕 밟아주고 가다니

넘어지면 일으켜주는 사이에서
넘어지면 밟아주는 사이가 되다니

성적표 나오는 날
너와 나 우리 사이에
새 관계식이 만들어진다

신기술

새로 지어진 학교 건물
창문을 닫자
어찌나 방음이 잘되는지
새들
노랫소리를 멈췄다
푸르른 날갯짓도 멈췄다

눈 내린 겨울 숲

간밤에 간밤에
이불이, 아주 보드랍고 하얀 이불이
양탄자처럼 숲으로 내려왔습니다

이불은 맨몸으로 선
나무들을 덮어주고 싶었습니다

나무들은 어쩌다 덮게 된 이불이 갑갑했나 봅니다
버르적대며 이불을 걷어찼습니다

바닥에 내린 이불은 누가 꿰맸는지
자국 하나 없이 말끔합니다
뻗대며 차낸 흔적까지 솜씨 좋게 매만졌습니다

나무들만 뜯긴 눈 이불 조각을
그대로 이고 섰습니다

나도 하루쯤
겨울 숲에 나무처럼 서 있고 싶습니다

쉬는 시간

쉬는 시간을 알리는 종이 울리면
동윤이는 알까기
유리는 엎드려 자기
강우는 공책 가득 그림 그리기
지수는 음악 들으며 몸 흔들기
모두 모두 즐겁다
자기주도학습이 시작된다
창의력이 맘껏 발휘되는 시간이다

내 맘대로 영문법

제일 필요 없는 영문법 비교급

칭찬에 꼭 필요한 영문법 최상급

지나친 격려

김치 조각이 너무 크다
손가락으로 쭈욱 찢었다

김치 대륙이 갈라지고 있네
거 봐 네 손은
대륙을 가를 수도 있는 손이야

꿈을 알아보는 방법

이번 시간은 꿈에 대해 알아보자
국어 선생님이 말씀하셨다

교과서를 모두 꺼내 책상 위에 쌓아라
싫어하는 과목부터 차례차례 빼보자
한 과목만 남을 때까지

무슨 과목이 남았니?
각자 그 과목에 대해 깊이 고민하여라
그 과목에 꿈을 찾는 열쇠가 있을지 모르니까

• 이 시의 '국어 선생님'은 이장근 시인을 말한다.

우주선 제작 중

엄마라는 우주선을 타고
우리는 모두 다른 행성에서 왔다
지구별에 왔을 때 모든 게 신기하고 궁금했다
끝없이 물었고 다양한 능력을 가졌었다
이를테면
나무들의 엄살에 입김으로 치료해줄 줄 알았고
꽃들의 수다에 끄덕일 줄 알았고
벌들의 날갯짓을 해독할 수 있었고
달님이랑 교신할 수 있었다

처음에 자기 별 언어만을 고수하다가 포기하면서
점점 지구에 익숙해졌고 정착하게 되었다
토착민이 되는 과정은 호기심을
증발시켜야 하는 과정임을 깨달았다

내가 타고 온 우주선을 다시 타고 돌아가기엔
이제 나는 너무 커버렸다
태초별에 대한 기억도 잃어버렸다
나는 내 별에 가는 대신

우리 엄마 아빠가 그랬던 것처럼
내 우주선에 탈 주인공을 맞아들이기로 결심했다

앞으로 10년 혹은 15년, 20년
얼마가 걸리지도 모를 공사를 진행 중이다
설계도를 그리며
뚝딱뚝딱 뚱땅뚱땅

외계인에게 로션을 발라주다

1판 1쇄 발행일 2013년 3월 11일
1판 11쇄 발행일 2022년 5월 27일

지은이 김미희

발행인 김학원
발행처 (주)휴머니스트 출판그룹
출판등록 제313-2007-000007호(2007년 1월 5일)
주소 (03991) 서울시 마포구 동교로23길 76(연남동)
전화 02-335-4422 **팩스** 02-334-3427
저자·독자 서비스 humanist@humanistbooks.com
홈페이지 www.humanistbooks.com
유튜브 youtube.com/user/humanistma **포스트** post.naver.com/hmcv
페이스북 facebook.com/hmcv2001 **인스타그램** @humanist_insta

편집책임 문성환 **편집** 윤무재 **디자인** 유주현 **일러스트** 이시내
조판 이희수 com. **용지** 화인페이퍼 **인쇄** 청아디앤피 **제본** 민성사

ISBN 978-89-5862-588-9 03810